I • En route pour le concert de notre vie

Un feuilleton de
BENOÎT BOUTHILLETTE

Illustrations de
GUILLAUME MACCABÉE

la courte échelle

1 • En route pour le concert de notre vie

« Chus peut-être trop naïf
De rêver aussi fort,
Chus peut-être trop naïf :
Il est peut-être déjà trop tard. »

Je m'appelle Guillaume | Tiré de l'album *Compter les corps* | 2006
Paroles : Guillaume Beauregard | Interprète : Vulgaires Machins

LUNDI 7 FÉVRIER, 16 H, CHEZ GUILLAUME

Je m'appelle Guillaume. J'ai pas de style. C'est pas que je m'identifie à aucun genre en général, au contraire, je m'intéresse à peu près à tout. C'est juste que je ressemble à rien en particulier. Juste un gars ordinaire, peut-être un peu plus grand que la moyenne, des cheveux longs remontés en toque, un peu daltonien, mais à part de ça, rien. Entré au cégep l'automne dernier, je viens d'avoir dix-huit ans. Pas de blonde, pas de problèmes, pas de char. Surtout pas de char. Rien qui me distingue, vraiment, pis c'est ben correct comme ça. À part que je joue de la guitare dans un groupe. Un groupe qui s'appelle Résistance.

J'ai pas de blonde, mais mon cœur bat pour la même fille depuis le début du secondaire. Marilou. Et si, moi, je ressemble à pas grand-chose, elle, elle ressemble à peu près à tout ce qu'il y a de beau sur Terre.

Marilou, qui sonne justement à la porte de chez nous. Elle va m'attendre dehors. On est un peu obligés de faire ça à l'ancienne, vu que j'ai pas de cellulaire. C'est correct avec Marilou, elle comprend ça. On fait partie du même groupe sur Facebook, on s'appelle les NoFacebook. Notre devise : « C'est pas du réseautage, c'est du ragotage. » J'ai soudain plein de voix dans ma tête : Félix, qui répète « reggae-ton, reggae-ton, reggae-tegga-ton-ton », Marilou, sur le même beat, « rado-tage, rado-tage »... Je me dépêche à ramasser mes affaires, j'éteins mon système de son (*Chop Suey*, de System of a Down), j'enfile mon *hoodie* du mieux que je peux tout en marchant. J'oublie-tu quelque chose ? Voyons voir. J'ai mes *picks* de guitare, un élastique de rechange pour mes cheveux, mon bracelet anti-transpiration *Death Note* porte-bonheur. Ça devrait être correct.

Oups, je reviens. Je fouille dans les affaires qui traînent sur mon bureau. J'avais oublié mes clés.

J'ouvre enfin la porte pour rejoindre Marilou, un peu tout croche, mon coude qui cherche encore à comprendre comment il a pu se trouver bloqué dans le trou de la manche. Ma lumineuse amie est là à m'attendre, de l'autre côté de la rue, rayonnante comme mille feux de circulation, accotée sur la portière rouillée de la *Résistance-mobile*, l'ancienne fourgonnette de popote roulante du Centre d'action bénévole où Marilou va donner de son temps chaque fin de semaine, et que les soins experts de son père ont convertie en caravane de tournée pour notre groupe. Je le sais, je fais des phrases trop longues, mais j'y peux rien. C'est comme ça dans ma tête. Dans la vie, j'écoute, je dis pas grand-chose. J'écoute. Mais les pages de mon blogue imaginaire sont remplies de phrases trop longues. Qui disent toutes à peu près la même chose : Marilou. C'est comme ça.

Marilou me sourit, du genre à éclipser le Soleil, elle sourit à ma vue comme la Terre doit le faire quand elle voit germer les premières racines du noyau qu'on vient de planter en son cœur. Marilou se glisse à l'intérieur du véhicule avec toute la grâce du monde. J'embarque de mon bord. Je prends place à ses côtés. C'est fou comment certaines phrases, parfois, nous donnent l'impression d'être parfaites. De correspondre parfaitement à un idéal : « Je prends place aux côtés de Marilou. » Et c'est tout moi, ça : coup sur coup, énoncer une évidence qui rend la beauté banale, pis ensuite enchaîner en mourant d'émoi devant un détail qui rend le bonheur d'autant plus important qu'il est minuscule. Genre.

Je me comprends.

La musique qui joue dans la camionnette est bouleversante.

Moi : Qu'est-ce qui joue ?
Marilou : *Archangel*, de Burial.
Moi : C'est bouleversant.

Comment la basse s'insinue jusque dans nos tripes, on dirait même sans passer par les oreilles... Marilou est la bassiste de notre groupe. Je vois bien en quoi une musique comme ça peut la rejoindre. C'est Marilou qui m'a expliqué ça, un jour :

Marilou : La basse, Guillaume, c'est pas anodin. Ça reprend les fréquences que le bébé entend dans le ventre de sa mère, les battements de son cœur, les sons du monde extérieur...

Marilou est la miss Conscience sociale, la mère Teresa du rock cégépien québécois.

Marilou : T'as-tu écouté la vidéo que je t'ai envoyée, sur YouTube, des deux enfants qui chantent la chanson de Zorrino ?

Moi : Mets-en. Ils sont magnifiques. C'est intense...

Marilou : Tu sais que c'est Jacques Brel qui a écrit la chanson pour le film *Tintin et le temple du Soleil* ? « On a eu beau me dire, que l'on vit pour la mort... » Pour des enfants de huit ans ! J'appelle ça du respect.

Et moi de me laisser bercer par la voix de Marilou, par la ferveur qu'elle met à parler de toute chose, alors que le véhicule se met en branle (c'est le cas de le dire : la tôle de la carrosserie *shake* de partout), et que défile doucement le paysage des rues qui nous mènent vers un futur incroyablement grand, où s'entremêlent les images déjà nostalgiques d'un passé pourtant pas si lointain.

Comment on peut être déjà nostalgique à seulement dix-huit ans ? C'est de la faute à Marilou. Elle me fait goûter à l'éternité.

J'écoute Marilou discourir de chanteurs pop et de sacrifices d'enfants, dans le tumulte des portières grinçantes amplifié par le plafond trop bas de l'habitacle, et je ne peux pas faire autrement que de nous revoir, c'était y'a même pas encore un an, en route vers notre bal des finissants. Assis ensemble, à parler de tout et de rien. À juste être là.

Revivre l'immense bonheur de me sentir le gars le plus choyé au monde d'avoir été choisi par Marilou pour être son partenaire de ce moment-là.

Quand je l'ai vue sortir de chez elle, dans la splendeur de tout ce que ça voulait dire d'être Marilou, et que le rayon de soleil de fin d'après-midi a pointé directement sur elle, avec sa grande robe rose et ses cheveux rouges, elle était tellement belle, tellement parfaite. C'était la première fois que je la voyais habillée avec autre chose que du noir. Je veux dire, sans au moins un élément noir parmi toutes les épaisseurs de collants, de bracelets, de chandails bariolés qu'elle empile habituellement. Son sourire éternellement timide accroché à ses lèvres toujours aussi dépourvues de maquillage, ses yeux plus purs et plus moqueurs que jamais... Elle semblait presque embarrassée d'être aussi jolie qu'elle-même, à ce moment-là.

En voyant le carrosse que j'avais choisi pour l'emmener à la cérémonie, Marilou s'est précipitée. Elle est passée à côté de moi en faisant semblant de m'ignorer, avec toute sa fougue habituelle. Elle marchait du pas décidé qu'on lui connaît, courant presque, sans entraves, soulevant les pans de sa crinoline et découvrant les fameuses bottes Doc

Martens rouges lacées jusqu'aux genoux qu'elle portait en permanence et qu'elle n'aurait sacrifiées pour rien au monde. Je restais là, figé, éberlué devant tant de beauté, mon bras suspendu dans les airs avec, dans la main, le lys que je tendais à ma cavalière, parce que c'était sa fleur préférée, je le savais. J'y peux rien, des fois, devant la beauté de certaines filles, mais plus particulièrement de Marilou, je perds le souffle. Carrément. Je perds instantanément tous mes moyens, je balbutie. Je deviens aphone. C'est pas le fun. À la vue de notre cortège, Marilou s'est exclamée :

Marilou : Tu vas m'emmener au bal avec ça ?

Ça, c'était une voiture bien estampillée, sur fond de bleu-qu'on-ne-sait-pas-trop, du logo de Communauto. Sur le capot, j'avais scotché une figurine de Gandalf, le mage du *Seigneur des anneaux* — et le personnage fétiche de Marilou —, qui constituerait ainsi notre figure de proue. À l'antenne radio, j'avais accroché un fanion de l'Unicef, parce que le but de Marilou, dans la vie, c'est d'aller guérir des enfants en Afrique. C'était de toute beauté.

Marilou : Tu m'avais pas dit que tu louerais une limousine ?

Moi : Bon, on reprend depuis le début. De un : je ne vais pas, à proprement parler, t'emmener au bal avec ça, puisque je te rappelle que je n'ai pas de permis. De deux : comme on a un chauffeur et que, toi et moi, on va partager la banquette arrière, on peut presque dire que, techniquement, nous serons en limousine...

C'est ce moment-là que Félix a choisi pour sortir la tête par la fenêtre de la portière avant, avec la fausse casquette de policier achetée chez Dollarama qu'il avait vissée du mieux qu'il avait pu sur la pointe de ses courtes *dreads*, au sommet de sa tignasse crépue.

LUNDI 7 FÉVRIER, 16 H 15, EN BAS DE CHEZ FÉLIX

Félix nous attend en bas de chez lui. Tapi dans l'ombre, comme s'il ne faisait pas déjà assez froid. Félix est d'origine haïtienne et il a un an de plus que nous. C'est le batteur de notre groupe. Marilou lui cède la place du conducteur. Dans la *draft* de vent qu'elle déplace en sautant pour rejoindre la banquette arrière, je constate que, de un : son parfum est toujours aussi exquis (Marilou porte le parfum des saisons) ; et que, de deux : ses nouveaux jeans lui vont vraiment bien.

Depuis qu'on a l'âge de jouer dans les bars, Félix est tout naturellement le chauffeur désigné de notre groupe, parce qu'il ne boit jamais d'alcool. C'est comme ça, c'est pas par principe, c'est juste que ça lui tente pas. On pourrait dire que, Félix, c'est le cerveau de Résistance. Le côté rationnel. Celui qui garde le rythme alors que, nous, on aurait tous tendance à déborder. D'enthousiasme, de passion. En plus de la batterie, c'est lui qui s'occupe des programmations, de séquencer les *loops* pour nos chansons. Un genre de petit *geek*, mais pas trop, expert en informatique, qui réussit en tout, surtout à ne jamais être *nerd*.

Félix : On va devoir passer à l'épicerie. Si je me souviens bien, la dernière fois, on a pris ce qui restait de pâtes chez Emo.

Moi : T'as raison. C'est bête : y avoir pensé avant, on se serait arrêtés au dépanneur près de chez nous, ils en ont.

Félix : Ton dépanneur tient des pâtes Barilla numéro 5 ?

Moi : Oui, à ma demande. Le gars qui y travaille le soir est super-cool. Il s'appelle Fadi. J'aurais aimé ça, Marilou, te le présenter, j'suis sûr qu'il te plairait.

Marilou : C'est-tu le même dépanneur où t'avais trouvé ton oiseau ?

Félix : Non ! Pas son oiseau ! Repars-le pas sur l'histoire de son oiseau !

Je me croise les bras en souriant, je rabats mon capuchon sur mon front et me campe dans l'angle que mon siège forme avec la portière pour replonger dans le souvenir de l'une de ces sempiternelles conversations qui façonnent à chaque jour cette amitié qui est la nôtre, à Félix, Marilou et moi.

Félix cherchait la meilleure fréquence radio pour syntoniser mon iPod sur le Belkin branché dans l'allume-cigare de la Communauto – vous auriez dit ça il y a trois ans, pis personne ne vous aurait compris. Du Nine Inch Nails qui griche (*We're in This Together*), ça fait beaucoup de grichage.

Moi : Mais, Marilou, tu t'attendais quand même pas vraiment à ce que je loue une limousine ?

Marilou : Avec toi, je m'attends à tout...

Félix (dans le rétroviseur) : C'est vrai, t'sais, Guillaume, qu'avec toi, on sait jamais...

Moi : Qu'est-ce tu veux dire ?

Félix : T'as des lubies, des fois...

Moi : Comme quoi ?

Marilou : Ben, comme la fois où t'es arrivé à l'école avec ton goéland dans sa cage...

Moi : Mais j'avais pas le choix !

Marilou a levé les yeux au ciel, comme les comédiens de *Chambres en ville* le faisaient pour exprimer n'importe quelle émotion. Marilou avait trouvé des vieux épisodes enregistrés sur une cassette VHS enfouie au fond d'une boîte, dans la garde-robe de ses parents. On l'avait fait jouer, un soir, en cachette, parce qu'on était sûrs que c'était de la porno et qu'on voulait rire... Pis quand ses parents étaient revenus de leur souper, on était encore là à se bidonner pour vrai, pas capables d'arrêter de regarder tellement c'était mauvais.

Marilou : On la connaît, ton histoire, Guillaume, tu nous l'as assez racontée, dans le temps...

My God que ça paraissait loin, soudain, le secondaire trois...

Marilou (m'imitant) : Quand t'as trouvé le pauvre oiseau, au bord du mur, sur le côté du dépanneur, y'était tout blessé, avec l'aile cassée, pis des ti-culs de secondaire un s'en allaient lui faire du mal...

Félix (continuant, docte) : Et là, après t'être vaillamment interposé, t'es allé au salon de toilettage canin qui se trouve dans le même centre d'achat que le dépanneur, pour emprunter une cage, qu'ils t'ont si gentiment prêtée quand tu leur as dit que c'était pour une cause animalitaire... Pis t'as trimballé ton oiseau avec toi pendant trois jours, partout où t'allais...

Marilou : Avoue que ça peut paraître un peu bizarre.

Moi : Je voulais juste lui montrer que les humains sont pas tous méchants...

Marilou : T'as même pas attendu d'être convoqué pour aller défendre ton point au bureau de la directrice, argumenter que, comment tu disais déjà...

Félix : Que « ton droit à la vie s'extensionnait à la protection de toute forme d'être vivant se trouvant menacé à proximité de toi. »

C'est vrai, j'avais oublié ça, tous les détails de l'histoire du goéland. La face de madame Tilly, notre directrice, qui ne comprenait pas ce qui se passait, la tempête qui débarque subitement dans son bureau. Jusque-là, j'avais été un élève discret, à part la fois en secondaire deux où j'avais fait semblant tout d'un coup d'être dyslexique parce que j'avais croisé la nouvelle orthopédagogue à la cafétéria, pis que, ben, pas besoin d'explication. La pauvre directrice, qui voyait soudain tourbillonner autour de sa tête une tornade de mots où revenaient sans cesse les lettres formant SPCA, ONU et DPJ, même...

Madame Tilly : On ne peut pas faire ça, Guillaume.

Moi : C'est pour une cause animalitaire...

Ça avait marché une fois, je n'allais pas me gêner.

Madame Tilly : Ce n'est pas salubre, Guillaume.

Moi : J'ai le papier du vétérinaire qui dit que l'oiseau ne porte aucune maladie.

Madame Tilly (me regardant par-dessus ses lunettes) : Tu as un papier du vétérinaire...

Moi : Il paraît que c'est très difficile de faire une prise de sang à un oiseau.

Madame Tilly : Et ça ne lui aurait pas tenté, au vétérinaire, de garder le goéland ?

Moi : Il m'a donné les coordonnées d'un organisme qui recueille les animaux urbains blessés. J'ai laissé un message, mais ils m'ont pas encore rappelé...

Madame Tilly : Tu es conscient qu'il y a un règlement qui interdit la présence d'animaux domestiques à l'école...

Moi : C'est pas un animal domestique, c'est un oiseau sauvage.

Oui, ils avaient raison. « Guillaume et ses lubies, *Part One* »... Je regardais le paysage défiler à l'extérieur de la voiture, les yeux perdus dans le vague, en me disant que l'important, dans la vie, c'était de faire de son mieux, pis qu'après ça c'était la vie qui décidait. J'ai été sorti de mes pensées par le reflet du visage de Marilou dans la vitre, toute belle dans sa robe de bal, qui s'amusait à me faire des grimaces.

Félix s'acquittait de sa tâche avec tout son sérieux habituel. Il regardait à sa gauche en fronçant les sourcils, s'assurant que la voie était libre, vérifiait toujours son angle mort, activait systématiquement son clignotant. Félix a appris à conduire avec son père, chauffeur de taxi, pour qui le respect des règles élémentaires est le seul gage de cohésion sociale.

Moi : Mais, honnêtement, Marilou, qu'est-ce que t'aurais pensé si j'avais vraiment loué une limousine ?

Marilou : Que c'était pas nécessaire.

Moi : Juste ça ?

Félix : Juste ça !

Marilou : O.K., que c'était un peu fou, mais que si c'était ce que tu voulais...

Félix : Bon, allez, Marilou, dis-nous ce que tu penses vraiment, dans le fond.

Moi : On sent que t'en brûles d'envie.

Marilou : Vous voulez vraiment que je vous dise ce que je pense vraiment des limousines ?

Marilou est devenue soudain vraiment lumineuse. Silence improbable, comme si tout dans la voiture s'était mis au neutre. Même le feu de circulation semblait avoir oublié de passer au vert. Tenez-vous bien, elle avait eu le temps d'y penser.

Marilou : Les limousines, c'est le summum du mauvais goût. C'est de la crétinerie matérialiste. La quétainerie la plus clinquante. Le besoin de s'afficher qui démontre que soit t'as pas de vie pis tu veux faire croire le contraire aux autres, sans te rendre compte que tu prouves justement que t'en as pas, de vie, parce que tu prends un *kick* à te promener en limousine ; soit t'es tellement pas sûr de toi, t'as tellement peur que les gens te prennent pas au sérieux que tu te sens obligé de te prendre toi-même au sérieux... C'est l'absence de classe la plus totale, parce que c'est le contraire de l'élégance. C'est lourd, c'est tapageur, c'est kitch. C'est le comble de la vulgarité.

Et ça aurait continué comme ça, les Brice de Nice à notre égard et les coups de gueule contre les travers de la société, si on n'était pas arrivés juste à ce moment-là en vue de la file de limousines louées, qui attendaient en brûlant de l'essence près de l'entrée de la salle de bal afin que des filles en talons puissent jouer à la madame et au tapis rouge.

Le silence s'est fait dans la voiture pendant que Félix cherchait un stationnement bien à l'écart. Un silence de « bon, ben, voilà, on y est ». Marilou posait son regard en alternance sur Félix et sur moi, et son sourire en disait long. On pouvait y lire toute la fierté qu'elle éprouvait à la vue de ses deux compagnons, qu'elle se sentait choyée qu'on soit son escorte pour cette soirée si importante. Importante parce qu'on l'avait attendue depuis si longtemps, et parce qu'elle mettait symboliquement fin au temps de l'enfance.

Le bonheur de Marilou aurait été total s'il n'avait manqué le seul élément qui aurait pu rendre cette soirée parfaite : son grand amour. Il manquait celui pour qui elle abandonnerait tout, aux côtés de qui elle lutterait jusqu'à la fin des temps pour l'avènement d'un monde meilleur... Il manquait celui à qui elle dédierait chaque souffle de sa vie, comme à chaque fois qu'elle prend le micro parce qu'il le lui tend.

Dans les yeux de Marilou brillaient les feux de l'étonnant destin qui allait être le nôtre, que nous allions partager, à quatre : Félix, Marilou, moi et cet ami mystérieux, ce jeune homme insaisissable qui allume l'esprit de tous ceux qui le côtoient, celui pour qui brûle le regard de Marilou : Emo, notre ami Emo, le ténébreux Emo, le chanteur de notre groupe, le leader de Résistance.

Nous y voilà.

Emo.

Même s'il avait terminé le secondaire en même temps que Marilou et moi et qu'il avait passé tous ses examens avec des notes nettement supérieures à la moyenne, Emo ne viendrait pas au bal des finissants, pas plus qu'il n'assisterait à la cérémonie de remise des diplômes. Il nous l'avait annoncé depuis bien longtemps, parce que ça ne signifiait rien pour lui. Pour lui, le fait de décréter un moment pour faire la fête rend celle-ci factice.

Il est comme ça, Emo. Avec des idées arrêtées sur tout. Je dis « arrêtées », mais je ne veux pas dire « figées ». Emo est toujours prêt à reconnaître qu'une idée est meilleure que la sienne. Toujours disposé à ce qu'on lui soumette une manière de voir différente. Toujours attentif aux arguments que chacun apporte. Le premier à reconnaître ses propres limites ou à admettre qu'il ait pu se tromper. Le premier qui soit prêt à endosser une idée nouvelle, en autant qu'elle lui paraisse juste. « Juste » dans les deux sens : en termes de justesse et de justice. Ce qui lui semble exact et conforme au bien de tous...

Emo n'est pas son vrai nom. Il en a hérité le jour où un journaliste est venu en classe parler de la pauvreté et s'interroger sur le fait que les pauvres font plus d'enfants que les riches... Toutes les Paris Hilton de la classe ont secoué la tête en trouvant « donc ça dommage », quand Emo a alors levé la main :

Emo : Et si les pauvres faisaient plus d'enfants justement pour avoir plus de chances d'espérer qu'il y en ait au moins un qui réussisse à s'extraire de la pauvreté ?

Bouche bée du conférencier invité.

À la sortie du cours, Marilou et moi, on a couru rejoindre notre ténébreux collègue de classe pour l'inviter à nous accompagner à la radio étudiante, où Félix nous avait donné rendez-vous. La Britney Spears du groupe est passée à côté de nous en nous traitant dédaigneusement de « gang d'*emos* »... Et le surnom est resté à celui qui allait devenir le leader de notre *band*. Ça lui va parfaitement. Son look n'a rien d'emprunté : noir sur fond noir, une mèche qui lui pend toujours dans le visage, son regard sombre et profond qui semble souligné au crayon gras. On l'a toujours connu comme ça, de toute éternité ; pas comme Mathieu, l'ex-VJ de MusiquePlus, qui a trouvé sa coupe de cheveux sur Internet, mettons.

Lundi 7 février, 16 h 30, chez Emo

On sort de l'ascenseur, on débarque chez Emo, avec notre barda habituel, sans cogner ni sonner. Emo vit dans un immense appartement, au dernier étage d'une ancienne usine reconvertie en condos. Ses parents ont pas mal d'argent et sont constamment retenus à l'extérieur, en voyage d'affaires.

Quand on ouvre la porte du quasi-loft pour y entrer, Emo est penché sur sa guitare, la mèche de son toupet qui tombe sur son instrument, le noir de ses cheveux qui tranche sur la clarté du bois, on dirait une lame obscure. Emo ne semble pas nous avoir entendus, concentré à chercher les derniers accords de la chanson qu'il est en train d'écrire, répétant sans cesse le même refrain :

La justice a plus à voir avec l'égalité
qu'avec la légalité

Le bien, plus à voir avec un état
qu'avec une possession

Wow. Emo, égal à lui-même. On referme la porte derrière nous, Félix et Marilou continuent de s'obstiner sur un sujet quelconque, moi j'ai les mains pleines des provisions qu'on vient d'acheter. Je dépose les sacs sur le comptoir de la cuisine, j'attrape une pomme, je m'approche du divan où Emo gratte sa guitare, j'enjambe le dossier, je m'assois discrètement.

Moi : Ça va, *man* ?
Emo : Je pense que ça ira mieux quand j'aurai trouvé les dernières notes.

Dit avec un sourire qui contient mille étoiles. La manière qu'il a de cligner des yeux en les relevant, tout surpris, on dirait la troisième paupière des chats qu'on extirpe de leur sommeil. Il étire son bras vers moi, nos paumes se trouvent et se joignent. Ça dure une éternité confortable et paisible.

Je me lève pour aller mettre la table, pendant que Félix et Marilou viennent s'asseoir en rond – en triangle – autour de la guitare d'Emo, pour juger des différentes tonalités possibles pour poursuivre la chanson. C'est évidemment moi qui aurai le dernier mot, je sais que c'est en ré mineur, mais je les laisse chercher. Un début de soirée ordinaire. Sauf que non.

Ce soir, on s'apprête à donner le concert de notre vie. Juste ça. Ce soir, on participe aux préliminaires des Francouvertes. Ce soir, on le sait, notre existence va changer à jamais. Et le cours de l'Univers aussi.

En attendant, il faut bien manger.

On avale nos pâtes avec le même entrain mais sans plus d'agitation que d'habitude – ce qui équivaut quand même déjà, soyons honnêtes, à une ambiance de *Boxing Day* sur la rue Sainte-Catherine. Je regarde Marilou engloutir à chaque bouchée des quantités phénoménales de spaghettis. Marilou réussit même à s'empiffrer avec grâce.

Marilou (la bouche pleine) : Ch'est bon.

Félix (qui déteste pourtant faire à manger) : J'ai aucun mérite. C'est d'une simplicité désarmante. C'est les pâtes qui font toute la job...

Ce qui fait le succès des pâtes « à la Félix », au-delà du savant dosage des ingrédients, du parfait équilibre de parmesan, d'huile d'olive, de basilic et de noix de pin broyées, c'est le choix des spaghettis : Barilla numéro 5, huit minutes de cuisson. C'est un peu comme notre groupe : c'est le mélange des quatre éléments parfaitement complémentaires qui rend notre recette originale.

Même si on éprouve encore la même fébrilité, la même joie, à l'idée de nous retrouver sur scène ce soir, les angoisses des premiers temps ont laissé place à un genre de sérénité. On se considère encore comme des ti-culs, mais on a acquis une forme d'assurance à force de donner des spectacles. On sait qu'on peut se fier à nous-mêmes pour faire en sorte que tout se déroule bien.

La beauté d'un groupe, c'est qu'on n'est pas tout seul. Wow, je le sais : dit comme ça, on dirait une chanson de *Passe-Partout*. J'suis tellement content de ne pas être né une génération plus tôt et de pas avoir été pogné pour écouter ça... *Anyway*, ce que je veux dire, c'est que, dans un groupe, on se sent backé, soutenu. Et que la confiance qu'on gagne, en se sentant simplement protégé par la présence des autres, on la leur retourne, pis ça profite au groupe en entier. Y'a une force qui s'échange, une énergie qui circule.

Emo : Qu'est-ce vous écoutez, en ce moment ?

En une fraction de seconde, l'un à la suite de l'autre :

Félix : Despised Icon.
Marilou : Vulgaires Machins.
Moi : Du vieux Ozzy.

La fourchette de Félix se fige en plein milieu de son vol.

Marilou : Ozzy, c'est pas le nom que t'avais donné à ton oiseau ?

Les yeux de Félix sont paniqués.

Moi : Mon oiseau ? Quel oiseau ? Ah oui, le goéland. Oui, t'as raison, je l'avais appelé Ozzy, parce que c'était ça que j'écoutais à ce moment-là...

Marilou : Ozzy Oiseau !

Félix (qui vient de survivre à une asphyxie) : C'est nul.

Marilou : Ozzy, ou un oiseau qui s'appelle Ozzy ?

Félix : Les deux.

Moi : Le vieux Ozzy, c'est bon.

Félix : Le vieux Ozzy, il fait dur.

Marilou : Vous parlez du vieux Ozzy en tant que musique ou d'Ozzy le rockeur magané qui est rendu vieux ?

Félix : Des deux.

Marilou : Ah, O.K.

Quatre secondes de silence, le temps que Marilou termine sa bouchée.

Marilou : Une chance qu'Ozzy a eu sa femme Sharon.

Marilou : Je me demande ce que devient leur fille Kelly...

Quart de seconde de silence.

Marilou : Non, je me demande pas vraiment ce que devient Kelly.

Conversation typique de la génération télé-réalité.

Moi : J'écoute du vieux Ozzy pour les solos de Randy Rhoads, son ancien guitariste. Ce gars-là, il torchait.

Emo nous observe en silence.

Emo. L'ingrédient secret de notre groupe, sa quintessence. Parce qu'au-delà du *mix* de nos personnalités, ce qui fait le succès de Résistance, ce qui nous fait vraiment sortir du lot, c'est la présence, le charisme de notre chanteur, Emo. L'impression qu'il donne de jouer sa vie en entier à chaque instant. Son implication, totale, dans chaque mot qu'il chante. C'est hallucinant. La profondeur de sa souffrance quand il murmure son désespoir. La force de sa hargne quand il hurle son indignation. La sincérité de ses mots d'amour. Il ne *fake* jamais.

Tous se reconnaissent dans l'immensité de sa quête. Les gars voudraient être lui, les filles voudraient être avec lui.

Emo.

Emo qui sait être aussi posé qu'intense. Parfaitement zen, ce qui ne signifie pas immensément calme, mais intensément là, à chaque seconde. En rompant la baguette de pain pour essuyer méticuleusement les dernières traces d'huile d'olive dans son assiette, il lance :

Emo : Bon, je pense que c'est le temps qu'on y aille.

Félix descend en premier, il va faire chauffer la camionnette. Ses mains gantées sont posées sur le volant quand on le rejoint. Un peu plus tôt dans la journée, il est allé porter nos amplis et son *drum* à la salle de spectacle. Nous avons donc suffisamment d'espace dans l'habitacle pour, au choix, nous énerver sur les banquettes usées ou bien commencer à être un peu nerveux... Dans tous les cas, on est paquets de nerfs.

Emo : Tout le monde est prêt ?

L'horloge du tableau de bord qui, par un phénomène inexplicable, produit plus de lumière que les phares avant de la fourgonnette, indique cinq heures trente. Notre *soundcheck* est prévu à six. Une fois la portière coulissante enclenchée - après trois tentatives -, le silence se fait dans la fourgonnette.

Le temps s'est suspendu, en attente. Dans un instant, on va rouler vers notre destin. Mais juste avant, l'espace d'un moment qui semble durer une éternité, on se regarde sans rien se dire. Comme pour nous rappeler que, quoi qu'il arrive, on est là, tous ensemble, réunis, tous les quatre l'un pour l'autre.

Félix, clé en main, prêt à implorer comme à chaque fois les bonnes grâces du Bouddha du démarreur, Félix (comment on dit flegme, en créole ?), pour une fois un brin nerveux, qui tremblote. Ça doit être le vent glacial. Marilou, que l'idée de participer aux Francouvertes embrase mille fois plus que jamais. Moi, qui me sens soudain un peu à l'étroit dans l'habitacle rempli par tant de Marilou. Et Emo, sur le siège avant, le profil calme, rayonnant, aiguisé comme un croissant de lune, qui se tourne vers nous avec toute la lenteur du monde.

On est là, seuls au monde, au carrefour de nos quatre destinées, tous ensemble au même point.

Et quelque chose apparaît, dans les yeux de Emo, quelque chose de différent de tout ce qu'on a connu jusqu'ici : une confiance nouvelle. Une volonté.

Emo : Bon, je pense qu'on est prêts. On peut y aller.

Et voilà. C'est parti.

En route pour le concert de notre vie.

INTERLOGUE

« C'est pas un roman, c'est pas de la fiction,
On a les mains pleines de sang »

Les mains pleines de sang | Tiré de l'album *Compter les corps* | 2006
Paroles : Guillaume Beauregard | Interprète : Vulgaires Machins

AU MÊME MOMENT, LUNDI 7 FÉVRIER, DIX-SEPT HEURES TRENTE, AU SOMMET DE LA PLACE VILLE-MARIE

Alors qu'il regardait la nuit s'étendre sur la ville et qu'il observait avec délectation les dernières lueurs du jour agoniser sur les vitres de son bureau, l'Homme, dont le contour sombre emplissait le cadre de la fenêtre, essuyait machinalement la lame d'obsidienne qui lui maculait les mains de sang.

Le mouchoir dont se servait l'Homme pour nettoyer l'arme qu'il venait de retirer du cou encore sanguinolent de son ancien associé avait été finement tissé en fibres de pavot importées du Moyen-Orient pour sa confection exclusive. Dans l'un des coins du tissu, des mains expertes avaient brodé l'unique initiale du nom par lequel l'Homme était craint de par le monde.

D'aussi loin que pouvait remonter son souvenir, ce poignard, dont il aimait tant serrer le manche où s'enchevêtraient nacre, ivoire, marbre et corail issus de la nuit des temps, avait toujours été en possession de sa famille. L'Homme eut un étrange sourire. Que devait-on dire ? Était-ce le poignard qui avait toujours été en possession de sa famille, ou sa famille qui avait toujours été en possession du poignard ? La possession. Tout était là.

L'ultime pouvoir. Le véritable pouvoir. Posséder.

Celui qui ne possède rien n'a aucun pouvoir.

La sonnerie d'un cellulaire se fit entendre, depuis la poche intérieure du veston déposé sur le haut dossier du fauteuil présidentiel. L'Homme pesta rageusement contre l'appareil maudit qui l'obligeait à interrompre le récurage de l'arme sacrificielle avant qu'elle eût retrouvé son lustre originel. Le visage déformé par une haine animale, l'Homme déposa le poignard encore souillé sur le buvard qui lui servait d'écrin. Puis, sans un mot, la mâchoire rigidifiée, semblable à un bloc de basalte, l'Homme à la silhouette d'ombre activa son appareil.

À l'autre bout du sans-fil, une voix sourde annonça :

« Ils sont en route. »

«Je suis une effraie. Je les vois.
De mon toit, je les observe.
Dans leurs vies, des amis,
des ennemis. Ils sont tous là.
Chez Emo. Ils le regardent.
Moi je le vois. Ils mangent.
Ils rient. Ils parlent.
Je sais que c'est important.
Ils sont confiants. Mais je sais
l'ombre qui approche.»

Benoît

LA DISCUSSION DE L'HEURE
Le bal des finissants : froufrous et limo
ou Docs et camionnette ?

epiz

LES SÉRIES   LES AUTEURS   CAPSULES

Bouthillette !

ÉVÉNEMENTS   CONCOURS

Pavel

Matthieu Simard

epizzod

Coffret Pavel 1 - Épisodes 1 à 7

Maintenant réunis en coffrets !

Coffret Pavel 2 – Épisodes 8 à 13
En prime, le premier épisode de la série (K)

Les Allergiks

andré marois

Coffret Les Allergiks 1 - Épisodes 1 à 7

Maintenant réunis en coffrets !

Coffret Les Allergiks 2 - Épisodes 8 à 13
En prime, le premier épisode de la série Rock&Rose

BENOÎT BOUTHILLETTE

⊗ Benoît Bouthillette frôle la mort en naissant prématurément à Montréal, en 1967. Sa mère, qui l'élèvera seule, lui transmet sa passion pour la lecture. Au cégep, la rencontre de l'univers de Michel Tremblay le pousse à abandonner les sciences de la santé pour les lettres. Dès lors, il décide de vouer sa vie à l'art, lisant tout, écoutant tout, observant tout. Éternel romantique, il ne conçoit pas la vie sans chats et sans Cuba. Il est à la fois *nerd* et discipliné comme Félix, passionné et flamboyant comme Marilou, réservé et dévoué comme Guillaume, sauvage et mystérieux comme Emo.

GUILLAUME MACCABÉE

⊗ Artiste autodidacte et polyvalent, Guillaume Maccabée a obtenu son premier contrat en illustration à l'âge de 22 ans, alors qu'il complétait des études littéraires. Illustrateur pigiste depuis près de 10 ans, il a travaillé dans le domaine publicitaire et corporatif aussi bien que dans l'édition jeunesse et l'animation. Guillaume partage sa passion entre le dessin, la voile et la gemmologie... pour l'impression d'avoir toujours un trésor au bout des doigts. Il s'applique présentement à la création d'une bande dessinée.

⊗ LES PAROLES DE CHANSONS OU LES EXTRAITS DE LIVRES CITÉS SONT TIRÉS DES ŒUVRES SUIVANTES :

p. 13 : Extrait de *La chanson de Zorrino*, écrite par Jacques Brel et interprétée par Lucie Dolène, 1969.

⊗ LES FRANCOUVERTES : FONCTIONNEMENT DU CONCOURS

Durant les étapes préliminaires, chaque soirée présente trois artistes. Un palmarès de neuf artistes est établi tout au long de ces soirées, selon les votes. Il n'y a pas un seul gagnant par soir, il se peut que trois artistes d'une même soirée se retrouvent au palmarès, ou aucun.

Les neuf artistes retenus participent aux demi-finales, à l'issue desquelles sont élus les trois finalistes.

Les éditions de la courte échelle inc.
5243, boul. Saint-Laurent
Montréal (Québec) H2T 1S4
www.courteechelle.com

Révision : Julie-Jeanne Roy
Direction artistique : Mathieu Lavoie et Bartek Walczak

Dépôt légal, 2e trimestre 2010
Bibliothèque nationale du Québec

La courte échelle reconnaît l'aide financière du gouvernement du Canada par l'entremise du Programme d'aide au développement de l'industrie de l'édition pour ses activités d'édition. La courte échelle est aussi inscrite au programme de subvention globale du Conseil des Arts du Canada et reçoit l'appui du gouvernement du Québec par l'intermédiaire de la SODEC.

La courte échelle bénéficie également du Programme de crédit d'impôt pour l'édition de livres – Gestion SODEC – du gouvernement du Québec.

L'auteur tient à remercier le Conseil des arts et des lettres du Québec pour son appui financier.

Catalogage avant publication de Bibliothèque et Archives nationales du Québec et Bibliothèque et Archives Canada

Bouthillette, Benoît

    En route pour le concert de notre vie

    (Emo ; épisode 1)
    (Epizzod)

    Pour les jeunes de 13 ans et plus.

    ISBN 978-2-89021-970-0

    I. Maccabée, Guillaume. II. Titre. III. Collection: Epizzod.

PS8603.O964E5 2010   jC843'.6   C2010-940497-1
PS9603.O964E5 2010

Imprimé au Canada

Dans la même série :